魔法を掛けて

* **저자** 오구리 무시타로(小栗虫太郎, 1901~1946)

본명은 오구리 에이지로(小栗栄次郎). 도쿄 술도가의 방계 집안에서 태어나 열 살 때 부친이 사망했다. 중학교 졸업 후 1918년에 전기 회사에 들어갔고 1920년에 결혼했다. 1922년에 회사를 그만두고 인쇄소를 차렸고 탐정 소설 습작을 시작했다. 인쇄소는 4년 만에 문을 닫았고 가산을 팔아 버티다가 1927년 오다 세이시치(織田清七)라는 필명으로 '탐정취미회(探偵趣味の会)'의 회지『탐정취미(探偵趣味)』10월호에「어느 검사의 유서(或る検事の遺書)」를 게재했다. 1933년 폐결핵으로 쓰러진『신청년(新青年)』의 편집장 요코미조 세이시(横溝正史)의 대타로 9월호에「완전범죄(完全犯罪)」를 오구리 무시타로라는 필명으로 발표하여 데뷔했다. 1936년에 나오키상 후보가 되었고 1937년에 탐정 소설 전문지『슈피오(シュピオ)』창간에 관계했다. 국내에 번역된 단편「실낙원 살인사건(失楽園殺人事件)」,「후광 살인사건(後光殺人事件)」,「성 알렉세이 사원의 참극(聖アレキセイ寺院の惨劇)」, 장편『흑사관 살인사건(黒死館殺人事件)』이 대표작이다. 1941년 11월 마흔의 나이에 징집당해 육군 보도반원으로 영국령 말레이에서 근무했고 1942년 말에 귀환했다. 그때의 경험을 살려 1943년 말레이에서 암약하는 비밀 결사를 다룬「해협천지회(海峡天地会)」를『신청년』에 발표했다. 1945년 5월 나가노현 나카노시로 소개(疏開)했고 일본 패전 후 사회주의 탐정 소설『악령(悪霊)』을 집필하다가 반년 만에 뇌일혈로 사망했다.

* **역자** 김려실

만화 잡지『보물섬』(1982~1996)으로 한글을 뗐고 안데르센의 동화보다는 코난 도일과 애거서 크리스티의 추리 소설을 탐독하며 어린 시절을 보냈다. 한국 최초의 사설탐정이 되고 싶었으나 탐정업이 불법이었다는 시대적 한계로 인해 대학에 들어가 국문학을 공부했다. 지금은 탐정적 열정과 과학 수사 기법에서 받은 영감(?!)으로 각종 텍스트와 그를 둘러싼 컨텍스트를 파헤치고 있다.

*「마사코와 마키」의 초출은『週刊朝日読物号』(朝日新聞社, 1938년 5월호)이고 저본은 1975년 도겐샤(桃源社)가 간행한『航続海底二万哩 小栗虫太郎全作品 8』이다.
* 각주는 모두 역자주이다. 인명과 작품명은 제일 처음 등장시에만 원어를 병기하였다.

마사코와 마키
方子と末起

오구리 무시타로 지음
김려실 옮김

차 례

마사코와 마키(方子と末起)
1. 머리카락을 잘리는 소녀　　　　　　　　7
2. 이상한 나라의 앨리스　　　　　　　　39
3. 기분 나쁜 할머니　　　　　　　　　　69

해제 오구리 무시타로의 '에스(エス)' 탐정 소설　　90
부록 그 여자들은 왜 철도 자살을 하였나?　　112

1   2년 넘게 요양 중이라는 뜻.
2   비약이 심한 오구리의 문제를 잘 보여 주는 문장이다. 문맥상 마키가 소귀나무를 보러 간다는 의미.
3   소귀나무(山桃)는 붉은 과실이 열리는 상록 활엽 교목으로 꽃말은 '그대만을 사랑하오'.

1. 머리카락을 잘리는 소녀

✉ 마사코의 편지

마키, 편지 고마워.

정말 언니는 마키 때문에 2년 지난 이부자리[1]가 조금도 쓸쓸하지 않아.

간다면서…?[2] 마키는 매일 학교 뒤뜰에 가서 소귀나무[3] 몸통에 새긴 그것을 보고 있다면서.

나도 너와 산책했던 요양소 뒷숲의 자작나무 줄기를 거르지 않고 보고 있어.

하나는 내가 4학년이고 네가 2학년 때, 또 하나는 그 후로 1년이 지나서의 이야기지. 그리고 어느 쪽에도 너와 나의

4 이 단어를 비롯하여 편지 말미에 언급되는 기침이나 열로 마사코의 병이 폐결핵임을 추측할 수 있다.

머리글자가 새겨져 있어.

사랑하는 사람, 서로 놓치고 싶지 않은 그리운 사람….

그런데 오늘 마키의 소식을 읽어 보니 내 이름이 새겨진 쪽의 단면에서 수액이 흘러나와 네 쪽으로 눈물처럼 흐르고 있었다는 이야기구나.

그래서 너는 설마 내게 무슨 일이 있는 게 아닐까, 그렇지 않다면 자신의 부족함 때문에 나를 울게 한 것이 아닐까라며 마치 눈물을 머금고 사죄하는 듯한 느낌이라 도리어 내 쪽이 울어 버리고 말았어.

그치만 괜찮아.

마키가 지켜 주는 나에게 무슨 일이 있을라구. 요즘에는 열선(熱線)[4]도 좋고 희망이 있는 것 같아. 그래도 언뜻 보기에 살이 많이 빠져서 지금 마키가 안으면 깃털 같은 느낌일 거야.

그래도 괜찮으니… 걱정하지 마.

나는 외로워지면 죽어 버리겠지만. 매일 마키가 와 주는데 죽을 리가 없잖아. 나, 낮에는 굳이 아무 생각 없이 잠들지 않지만, 밤에는 달빛을 헤아리며 마을에서 마을을 건너 마키의 잠든 얼굴을 몰래 보고 와. 그리고 마키도 마찬가지라는 걸 나는 알고 있어.

왜일까. 왜 두 사람은 이토록 서로 사랑하는 걸까!?

그건 말이야… 왜 태양은 빛나고 아이는 태어나는가라는 질문처럼 대답하려 해도 할 수가 없어. 나도 그저 사랑하니까 사랑한다고밖에 말할 수 없어. 여학교 2학년과 4학년 때 서로 알게 되어 1년 후에는 내 쪽이 요양소로 와 버렸으니… 그런데도 마키는 오히려 나와 같이 아파해 주니까.

있잖아, 언젠가 마키가 보내 준, 자꾸 눈물이 나올 것 같은 편지 말이야. 거기에는…

"신은 언니에게는 앓는 괴로움을 주셨지만 저에게는 같이 괴로워하라고 언니를 주셨습니다. 언니의 병은 말하자면 저의 병입니다. 같이 괴로워하고 같이 견디며 이 세상을 뚫고 나가라고 시험에 들게 하신 것이 분명합니다."라고.

하지만 이제 마키를 이 이상 괴롭히고 싶지 않아. 그렇게 되면 지금 마키에게는 이중으로 부담인 거잖아.
너의 걱정거리는 간단히 알 수 없어도… 아버지의 일, 손발도, 입도 움직일 수 없는 기분 나쁜 할머니의 일, 게다가 4, 5년 전에 살해당한 어머니의 일도—잘 알고 있는 만큼 나는 신경이 쓰여.
게다가 자는 동안에 머리카락이 잘렸다니, 어쩌면 어머니가 살해당하기 전에 있었던 것과 같은 일이잖아?
마키, 있잖아, 강해져야 해… 너, 여기서 훨씬 더 강해지지 않

으면 안 돼. 나는 어두운 가정에 있는 마키가 어떤지 알아… 생각하니 이렇게 헤어져 있는 것이 답답해지네. 그래도 원래부터 마키는 나, 나는 마키니까 아무리 거리가 멀다 해도 문제없다고 생각해.

마키, 있지, 빨리 자세한 답장을 줘.

그동안 기침이나 열이 올라갈 언니를 생각한다면 서둘러, 한시라도 빨리.

너의 마사코로부터

5   셀로판은 내습성을 갖춘 얇고 투명한 필름으로 주로 포장지로 쓰였다. 미국에서 1920년대 중반에 대량 생산되었고 일본에서는 1930년대에 셀로판 공장이 유행했다.
6   가게를 상징하는 문양을 넣은 노포 입구에 걸어두는 포렴.
7   에도 후기에는 여성 기모노에 검은 옷깃을 다는 것이 유행이었다. 즉, 마키의 어머니와 할머니는 신식 교육을 받지 않은 구세대 여성이라는 뜻.

사가라 마키(相良末起)의 모친이 살해당한 것은 4년 정도 전의 일이었다. 고쿠쵸(石町)에서 다이코사이(大光斎)라는 큰 상점을 경영하는 인형 장인, 그 집안의 딸인 마키의 어머니 오유(おゆう)는 정말 아름다웠다. 희고 갸름한 얼굴에 늘씬하게 마른 체형으로, 누군가의 어머니가 되어서도 어딘가 천진난만함이 감돌았다.

그런데 마키의 친아버지인 첫 번째 데릴사위는 곧 죽었고, 두 번째 데릴사위인 지금의 겐키치(謙吉)는 사업욕이 강해 길게 이어 온 노포를 접고 셀로판[5] 회사 같은 것을 하고 있었다. 겐키치에게 시대를 보는 눈이 있었기 때문인지 노렌[6]이나 전통 같은 것에 집착하지 않고 깨끗이 그만둔 것은 많은 경쟁자 사이에서 마네킹 인형 같은 것을 만드느니 다이코사이로서는 유종의 미였음에 틀림없다.

그렇게 마키는 교외의 저택에서 자랐고 검은 옷깃[7]의 어

8 수도회나 선교사가 세운 기독교계 학교로 기본적으로 우상 숭배를 거부한다. 1930년대 군국주의가 강화되면서 일본 문부성은 미션 스쿨에도 신사 참배와 어진영(御眞影, 천황의 초상)을 강요했다.

머니나 할머니와는 어울리지 않는 미션 스쿨[8]에 들어갈 수 있었다. 그런데 그해 여름이 가까웠을 때 이 집안에 끔찍한 비극이 닥친 것이다.

갑자기 아무런 전조도 예고도 없이 의외의 사람이 생각지도 못한 사람의 손에 죽었다.

그때까지는 풍파라고는 별로 없는 가정에서, 단지 마키의 어머니가 결핵에 걸렸기에 겐키치는 외박이 잦아졌고 이러저러해서 사가라 집안은 전혀 명랑하지 않았다. 하지만 그렇다고 해서 그것만으로는 살인의 이유가 되지는 않는다.

그 외에 더 캐 본다면 겐키치의 불만도 있었지만⋯

그것은 세상의 여느 데릴사위의 예에 지나지 않는, 아직도 전화가 오유의 명의로 되어 있다는 것이다.

꼭 4년 전의 5월 말, 울적하게 비 오는 아침이었다. 오유의 병실이 된 양실(洋室) 안에서 오유는 심장을 찔려 몸부림

9   손녀와 할머니의 이름을 읽는 방식이 같다. 이 외에도 할머니와 어머니의 옷 입는 방식이 유사하다거나, 두 사람의 외모가 닮은 것은 모두 할머니-어머니-마키로 이어지는 모성 가족을 암시한다.

친 기색도 없이 희미하게 피를 토했을 뿐 잠든 것처럼 죽어 있었다. 그리고 옆에는 할머니 마키(まき)[9]가 인형 조각칼을 쥐고 피를 뒤집어쓴 채 실신해 있었던 것이다.

하지만 그 이후로 할머니의 의식은 예전으로 돌아오지 않았다. 그렇다기보다는 아마도 한때의 격정에서 깨어나 딸의 시체를 보고 퍼뜩 정신이 들었을 때의 충격일까, 그 이후로는 손발도 못 움직이고 말도 못 하고, 그저 보고 듣기만 하는 시체처럼 되어 버렸다.

그 방은 할머니 마키의 입김으로 병실이 된 것이고 사랑스런 오유의 병세를 악화시키지 않으려고 문에 열쇠를 달아 켄키치를 멀리하게 했었다. 그날 밤도 열쇠는 열쇠 구멍에 꽂힌 채였고 물론 여벌 열쇠로도 열 수 없는 상태였다. 게다가 마당에 면한 창문은 단단히 잠겨 있었고 창문 아래의 축축한 흙에도 발자국은 없다.

그렇게 모든 것이 마키를 가리켰지만 그렇다 해도 왜 과부로 수절하면서까지 키워낸 외동딸을 죽였을까 하는 동기는 아무리 찾아봐도 마땅한 것이 없다. 하녀의 증언으로는 그 전날 밤에 말다툼이 있었다……는 모양으로, 상태가 나쁘지 않은 오유로서는 겐키치로부터 멀어져 밤마다 때때로 외로워했고 그럴 때는 걸핏하면 어머니와 부딪쳤는데 그날 밤에도 마키가 달래는 목소리를 복도에서 들었다는 것이다. 심리학자들은 모성애와 병행하는 모성증(母性憎)이 있다고 한다. 그 애증 병존을 노령의 마키에게 적용하여 이 사건은 더욱더 의문의 구름에 휩싸이고 말았다.

  노령에 흔한 심신미약의 발작인 것일까. 그렇다면 틀림없이 그 이후로 마키는 과보를 받았다고 말해도 좋을 것이다.

  손도 발도 움직이지 못하고 말도 하지 못하고 언젠가는 휠체어 속에서 일생을 마치겠지만 그렇다 해도 겨우 숨을 쉬

고 있을 뿐 멍하니 바라보는 마키의 모습은 눈 뜨고 볼 수 없는 것이다. 형벌인가─죽으려야 죽을 수 없는 참혹한 고통을 맛보며 여생을 보내지 않으면 안 되는 것은…

손녀 마키도 그에 대해 새삼 생각해 보게 되었다.

'이런 착한 할머니가 그런 무서운 일을 하리라고는, 아무래도 나로서는 그렇게는 생각되지 않는다. 말이 통하면 손발이 움직이면… 분명 할머니의 입에서 엄청난 사실이 나올 것이다. 이렇게 사람 좋은 할머니가 악마가 될 수 있을까.'

마키는 혼자서 그렇게 결정하고 있었다. 육친이 서로 미워하면 더하다고들 하지만 어째서 두 사람 사이에 그런 사실이 있을 것인가!? 가정에서 자신을 향한 사랑을 양분하고 있

던 두 사람인 만큼 한층 슬픈 일이었다.

그러나 마키에게는 엿본다 한들 어리둥절한 어른의 세계다.

이윽고 마키에도 올 것이 왔다. 여자아이에서 어른으로 옮겨 가는 경계에 서서 향수 같은 무력감, 달콤한 혼미함 속에서도 마키는 설레는 일조차 없었다.

봄의 서광은 할머니 때문에 어둡게 물들어 있었다. 동심은 머지않아 희미해지고 희미해진 만큼 멀어져가겠지…. 그러나 할머니의 일만은 영원히 남을 것이 틀림없다…. 그리하여 마키는 병든 장미처럼 사춘기를 어두운 마음으로 보내고 있었다.

그런데 그로부터 네다섯 달이 지났을 무렵 문득 할머니의 눈에서 이상한 점을 발견한 것이다.

그것은 눈 깜빡임을 가끔 멈추는 것인데, 힘껏 눈을 뜨고

깜빡이지 않으려는 노력은 필사적으로 마키의 주의를 끌어 알아차려 주기를 바라는 것 같다.

그것은 할머니에게 나타난 단 하나의 표현이었다. 그러나 그것이 기쁨인지, 슬픔인지, 욕구의 표시인지 마키도 거기까지는 알 수 없었다. 할머니의 몸속에서 단 하나 움직이는 근육인 안구근을 통해 이루어진… 보이지 않는 입, 들을 수 없는 언어일까.

'어쩌면….'

이것으로 행여나 무슨 일인지 알 수 있는 것은 아닐까─ 마키도 가슴을 두근대며 찬찬히 주의를 기울이게 되었다. 할머니에게 긴 어둠을 찢고 빛이 나타났다…

라고 생각한 것도 몇 번 후에는 헛된 기쁨으로 끝난 것이

10 에도 시대에서 메이지 시대까지 기혼 여성들의 머리 형태로, 묶은 머리를 말아 매듭이 보이지 않게 둥글게 뒤통수에 틀어 올린 머리 모양.

었다.

 할머니가 눈물을 머금고 눈을 깜빡이지 않으려 하는 애처로움은 알겠으나 단일함 때문에 무엇을 호소하고 무엇을 알리려는 것인지 알 수 없다. 결국에는 마키도 맥이 풀려 그 뒤로는 생각날 때 외에는 특별히 보려고 하지도 않았다.

 그러던 어느 날—. 처음으로 할머니의 그 행동이 구상적인 것에 맞닥뜨렸다.

 그것은 어머니가 생전에 보던 부인 잡지를 마키가 무심코 펼쳐 놓았을 때였다. 책머리에는 여러 쪽에 걸쳐 머리 모양을 다룬 사진이 있었는데, 그중에 가장 어머니와 닮은 게마키(毛卷) 형태의 마루마게(丸髷)[10]가 있었다. 장례식 때 가냘프고 날씬한 체형의 어머니는 오히려 청순해서 온통 검은 정숙한 옷 속에서 신령 같아 보이는 것이다. 마키조차도 거기에 깊은 사모의 정을 느꼈고 지금도 어머니라고 하면 그 모

습이 떠오른다.

그러나 정신을 차리고 보니… 할머니의 부릅뜬 눈이 앞쪽 창유리에 비치고 있다. 깜빡거리지 않는 눈에는 가득 눈물이 고이며 '봐라, 어서 마키야.'라고 소리치는 듯한 것이 무음 속에서 퍼져 나간다.

"어, 할머니?"

물어보니 눈은 기력이 다했는지 감겨 버렸다. 눈물은 뺨을 적시며 줄줄 흘러내렸고 닦으면 또 눈을 부릅뜨는 같은 일을 반복하는 것이었다.

확실히 할머니가 이 사진에 요구하고 있는 것이 있다!? 그러나 그것이 어머니에 대한 추억뿐이라면 결국은 아무것도 아닌 셈이다. 그리고 마키가 실망한 기색으로 페이지를 넘기

11   할머니가 눈을 부릅뜨는 일을 다시 시작했다는 의미.

자 다시 시작되었다.[11]

 이번에는 머리 빗겨 주는 사람이 혼자 등 뒤에서 성긴 빗으로 머리를 빗어 내리는 사진이었다. 그렇다면 할머니가 지금 무슨 일을 호소하고 있는가—마키는 겨우 알 것 같았다.

 어찌 된 영문인지 마키에게 게마키 마루마게를 해 달라는 것이다.

* 교토 출신의 여성 화가이자, 메이지 시대 미인화의 일인자 우에무라 쇼엔(上村松園, 1875~1949)의 말년 작품 <대월(待月)>. 그림 속 여인의 머리 모양이 할머니가 마키에게 요청한 마루마게이다. 마루마게는 연령에 따라 차이가 있었는데 <대월>의 여인처럼 새댁의 얹은머리가 크고 장신구도 화려했고 나이가 들수록 얹은머리가 작아지고 장신구도 수수해졌다.

2. 이상한 나라의 앨리스

"할머니, 이걸로 다 됐어요…."

그 책에는 자세히 머리하는 방법이 나와 있었기에 긴 시간을 들여 비뚤어졌지만 결국에는 해 드렸다. 그런데 빗어서 머릿결을 바로잡고 틀어 올리자 그 머리를 한 어머니의 생전 모습이 떠오른다.

논쟁할 수 없는 모녀의 닮음이 늙은 모습 속에 숨어 있었다….

마키도 머리를 틀어 올린 거울 속의 얼굴을 보았을 때 갑자기 눈꺼풀 안쪽에서 뜨거운 것을 느꼈다. 그러면서 보고 있는 동안 사진도 머리도 어른거리다 단지 시야를 가리는 눈물

얼룩만 보일 뿐이었다.

'어머니가 지금 할머니의 얼굴 속에 살아 계시는 구나….'

하고 마키의 마음속 상처가 아릿아릿 아프기 시작한다. 그러나 이것은 단지 마키의 감상을 건드린 것일 뿐이었는가!?
그날 밤―의부 겐키치의 얼굴이 저녁 밥상 앞에서 달라졌다.

"마키야, 너냐? 할머니에게 그 머리를 해 준 것은…."
"아니에요."
"하지만 할머니는 모조품 같은 사람이야. 물론 쓸 줄도 말할 줄도 모르니 통할 리는 없을 거고… 누굴

12 시모, 도키는 하녀의 이름으로 추정됨.

까, 도키… 시모[12]인가? 마키는 누가 머리 해 주는 사람을 데려왔는지 알고 있겠지."

마키는 잠시 살피듯이 입을 다물었다. 의부는… 할머니가 말씀한 것이 아니라고 한다. 그것은 할머니의 눈을 모르는 이상 결코 무리가 아니다. 그럼 그 일을 털어놓을까… 라고 하면 마키 역시 당황하지 않을 수 없었다.

의부 겐키치는 혈연 때문에라도 마키에게는 담담한 사람이었다. 특별히 친밀감을 주는 일도 없고 그렇다고 해서 의붓자식처럼 취급하는 일도 없으며 어머니의 사후에도 생전과 조금도 다르지 않다. 일관되게 가까이도 멀리도 하지 않고 세상에 대한 체면뿐인 남자였다.

그렇기에 처음으로 할머니의 의사가 통했다는 것은 그동안 아무 관심이 없던 사람인 만큼 역시 말하기 어려웠다. 그보다는 왜 할머니의 머리가 신경 쓰이는지 마키는 되묻고 싶

을 정도다. 어머니의 모습이 가장 많이 보이는 게마키 마루마게에서, 그 주름 속에서 선연하게 떠올랐다. 그것이 마음을 아프게 한 것이 아니라면 어째서 의부가—라고 생각하니 마키도 반항적인 기색이 되어

"저건, 아버지, 제가 묶었습니다. 시모도, 도키도 아무도 몰라요."
"뭐, 너였나…."

겐키치는 술잔을 든 채 가만히 마키를 바라보기 시작했다. 하지만 이내 짐작이 간다는 듯 부쩍 누그러진 얼굴이 되었다.

"안 되겠다, 마키야. 추억도 좋지만 저런 건 안 된다. 물론 어머니와 할머니는 부모와 자식이니 저렇

게 머리를 올리면 그건 닮을 수밖에 없지. 하지만 할머니가 뭘 하신 분이시더냐. 안된다. 저렇게 되어 형을 사는 것보다 그 이상의 고통을 받고 있잖니. 그런 분에게 일부러 생각나게 하고 괴롭히는 것과 같구나. 마키야, 너는 할머니를 그렇게 미워하니?"
"내가… 어째서 그런."

마키는 겐키치가 뜻하지 않은 방향으로 해석하자 그저 당황하여 급히 해명하고 말았다. 그때까지는 소녀에게 어울리지 않는 첨예함이 있었고 희미하지만 의부 겐키치에게서 의혹을 느꼈던 것이지만…

"그건 아버지, 할머니가 그렇게 하라고 하셨어요."
"뭐, 할머니가…."

순간 켄키치의 뺨이 부르르 떨렸다. 핏기가 입술부터 발끝까지 없어져서는 말을 꺼낸 것도 한참 지나서였다.

"그럼, 할머니가 어쨌다는 거야. 입이 자유로워진 건지, 손인지…."
"아니에요."
"그럼 어떻게 된 거야!?"

마키에게 만약 그때 여유가 있었다면 의부가 혼란스러워하고 낭패한 모습을, 특히 그렇지 않다는 말을 듣고 긴장이 풀리던 때를 마음의 거울을 보듯 알아차렸을 것이다. 그러나 마키에게 설명을 듣자 겐키치는 다시 이전처럼 잠잠해졌다.

"그렇구나, 그럼 자유롭게 하게 둬. 할머니가 말을

꺼낸 게 아니라 네가 한 일이라면 나는 당장 말려야겠다고 생각했다."

그러나 그로부터 2~3일 후 학교에 다녀왔다가 할머니의 거실에서 이상한 정경을 보고 말았다. 의부가 할머니의 정면에 버티고 서서 물끄러미 상대를 바라보고 있다.

거기에는 오늘에야말로 알아내겠다는 속마음이 있고 할머니는 평소의 무표정으로, 받아들일 수 없다는 듯이 고요하다. 그러나 눈동자에는 지금까지 본 적이 없는 이상한 번뜩임이 있었다. 정말이지 그곳만이 찌르는 듯하고, 업(業) 그 자체와 같은 생기가 주름살로부터 솟구쳐 나오고 있다. 냉안시, 증오, 모멸, 조소와 같은 기색이 읽혔고 역시 겐키치의 매도에 의분을 느꼈을까, 어쨌든 그 정경에는 평상시와 다른 점이 있었다.

하지만 겐키치는 마키를 보자 당황한 듯 떨어져 나갔다. 그리고 문간을 지나치면서 획 어깨를 움켜쥐고,

"마키, 오늘은 며칠이지?"
"17일이에요."
"그래, 달은 달라도 어머니의 기일이다. 나는 늘 참고 있지만 이 날짜에는 그럴 수가 없군."

겐키치의 생활도 분명 어두웠다. 지금도 눈은 축축한 슬픈 빛이 확실히 할머니에 대한 증오보다 더 짙다는 것을 알 수 있다. 마키도 그걸 보면 그토록 단단했던 신념이 맥없이 흔들리는 것이다.

그러나 할머니의 눈은 손녀를 보니 온화함과 사랑에 한때 마르고 꺼칠해진 것이 젖어 들며 주르르 볼을 타고 흐른다.

13 느낌과 움직임을 함께 나타내고자 제3의 의미를 만든 것 같다.

마키는 더 이상 의혹의 깊이를 참을 수 없게 되었다. 할머니의 볼에 자신의 볼을 비비면서 차갑게 젖은 볼 위를 줄줄 흐르는 눈물에 자신이 울고 있다는 것을 알았다.

"저기 할머니, 방금 의부가 뭐라고 말씀하셨어요?"

마키는 잠시 사이를 두고 숨을 죽였으나 어느 쪽이든 눈 깜빡임을 멈추는 그 감동(感動)[13]을 표현한 것에 지나지 않았다. 마키는 그것을 보고 모든 수단이 다 소용없는 것처럼 느껴졌다. 이대로 영원히 열쇠 소리를 듣고도 열지 못한 채 어디까지나 끌려가는 것일까.

그런데 그때 할머니의 눈이 정면에 있는 무언가 위에 딱 고정되어 있는 것을 발견했다. 눈을 깜빡이지 않는다… 뭔가 마키에게 호소하려고 하고 있다.

"뭔가요, 할머니. 이거… 그럼, 이거?"

그러자 할머니는 난로 옆에 걸려 있는 열쇠를 집어 들었을 때 갑자기 눈 깜빡임을 멈추는 그 감동을 나타냈다. 그 열쇠는 어머니가 살해당했을 때 밀실의 증명이 된 것으로, 그 이후로 이 방에서는 잊힌 채였다. 그렇다면 지금 할머니는 마키와 둘이 자는 이 방의 문을 잠그라는 것일까. 그런데 아까 의부와의 사이에 그런 정경이 있었던 직후인 만큼 마키는 전율을 느꼈다.

마키는 넓은 하늘 아래서 완전히 고독했다. 사랑스러운 언니 마사코는 요양소에 빼앗기고 의혹과 먹구름 속에서 겨우 숨 쉬고 있었다.
그런데 그로부터 1년 후의 일이었다. 마키네 집은 새 저

14 분(分)은 촌(寸, 일본의 경우 30.303mm)의 10분의 1이므로 4, 5분은 대략 12~15mm.

택을 진행 중이었는데 문득 의부가 하수인이 아닐까 의심이 들었다. 그것은 아침에 일어나 거울을 향했을 때 옆머리가 4, 5분[14] 폭으로 잘려 있는 것을 발견했기 때문이다.

   '누구일까….'

   라고 생각하니 등줄기가 오싹하게 차가워지는 것 같은 기분이 들었다.

   '그때도 그랬다. 어머니가 살해되기 딱 한 달쯤 전에 역시 자던 중에 머리카락을 잘린 적이 있었다. 그때는 별로 신경도 쓰지 않았지만 생각해 보면 그러고 한 달 후에 어머니가 살해당한 것이다. 그리고 이번에는….'

그것은 분명히 조짐과도 같았다. 지금 누군가에게 당연히 일어날 비극의 전조가 틀림없었다.

그러나 그보다 마키를 슬프게 하는 것이 또 있었다. 그것은 만약 여벌 열쇠가 있다 하더라도 걸쇠가 내려가게 되어 있는 문을 어떻게 열지 상상도 할 수 없기 때문이다. 그러면 눈이 당연히 내부로 향하게 된다. 마키 외에 방에 있는 사람이라고 해 봐야 할머니밖에 없다.

'아, 할머니라니 설마… 한 치도 못 움직이는데 어째서 그런…'

라고 아무리 고개를 흔들어도 현실은 부정할 수 없다. 점점 그 폭도 짧아졌고 이윽고 슬퍼하기보다는 겁에 질려 할머니를 보게 되었다.

15 3장의 제목인 '기분 나쁜 할머니'로 이어지는 묘사로, 할머니를 의심하는 마키의 눈에 할머니의 모습이 요괴화된다.

'저 손, 저 발이다… 마비되어 축 늘어진 것이 아무도 보지 않을 때는 조금씩 움직이는 것일지도 모른다. 나의 숨소리를 살피면서 몰래 일어나 털을 자르는 것은 할머니 이외에는 없다.'

얼마 전까지만 해도 그런 생각이 떠오르면 애써 털어 버렸던 것이 이제는 그것이 당연하다는 듯이 중얼거리는 것이다. 기분 나쁜, 고양이 발바닥 같은 할머니…[15] 저 움직이지 않는 근육에는 무서운 허망(虛妄)이 있다. 죄를 숨기고 잘도 이렇게도 오래 연극을 하고 있었군.

그러자 그 방에 이제는 다른 종류의 귀기가 자욱한 것이었다. 요즘은 조막만 한 할머니가 한층 작아져서 기괴한 수석이나 세공 안 한 나무뿌리 인형으로밖에 여겨지지 않는데, 그것이 흰머리를 유황의 바다처럼 굽이치게 하며 슬그

16 에도 시대 기혼 여성의 검게 물들인 치아.
17 종이에 주름을 잡아 아래위로 접었다 폈다 할 수 있게 만든 휴대용 초롱.

머니 일어선다. 특히 밤에 할머니의 괴상하기 짝이 없는 얼굴 모양—틀니를 빼고 나면 잇몸이 하구로(お鉄漿)[16]처럼 보이고 입부터 위로 쭈글쭈글 쪼그라들어서 얼굴 길이가 쵸칭(提燈)[17]처럼 접혀 간다. 게다가 그것이 가위를 손에 들고 숨소리를 살피는 모습은 틀림없이 요괴 그림이나 몽환 이외의 것이 아니다.

그러나 마키에게는 현실의 문제다. 게다가 할머니에 대한 애착이 굉장히 깊은 만큼 살을 깎아 내는 듯한 고통으로 기진맥진해서는 궁리 끝에 요양소에 구원을 청했다. 그러자 마사코는 자세히 말하라고 했고, 답장을 보내자 다시 보내온 편지에 한 권의 책이 딸려 왔다. 그것은 루이스 캐럴의 유명한 동화 『이상한 나라의 앨리스』였다.

* 에도 시대 후기의 기담집 『絵本百物語』(1841)에 등장하는 하구로벳타리(歯黒 べったり). 눈코가 없고 검게 물들인 치아만 보이는 여자 요괴로, 삽화는 우키요에 화가 다케하라 슌센사이(竹原春泉齋, 생몰년 미상)가 그렸다.

3. 기분 나쁜 할머니

✉ 마사코의 편지

마키, 나는 지금… 정열의 격렬함을 가능한 한 입에 담지 않으려고 주의하고 있어. 그야 마키가 얼마나 괴로워하고 있는지 알 수 있으니까…

사랑으로… 우리 사이에는 보이지 않는 끈이 있어. 그런데도 마키에게는 기분 나쁜 야조(夜鳥) 같은 것이 있어서 내가 꿈속으로 가는 것이 분명 방해받고 있을 거야. 하지만 나도 열이나 피의 동요 없이는 이 편지를 쓸 수 없어. 마키를 위해 더 희생할 수 있다면 좋겠다고 생각해. 마키의 깨끗한 천상의 육체(heavenly flame)—언니는 마키가 고민을 몸에 새겨야

18 아라비아의 전설에 나오는 대괴조(大怪鳥).

한다고 생각해. 가시밭을 밟고 아픔과 피를 다시 꿈에서 나누자. 하지만 마키의 고통을 조금이라도 덜어 주는 것도 언니의 신성한 의무라고 생각해. 마키는 내가 선물한 책을 어떻게 생각해?

고뇌와 슬픔 속의 너에게 동화책을 보내고 그걸로 고민을 씻어 내라는 것이 아니야. 무엇일까? 하지만 언니의 사랑이 마키를 구하지 못한다고는 생각할 수 없지.

이건 읽고 읽어 신물이 날 정도인, 앨리스의 이상한 나라 여행이지만 이 안에는 애벌레나 울보 거북이, 록(roc)[18] 등이 이 세상에 없는 이상한 대화를 나누고 사람 흉내를 내면서 은유와 우유(偶喩)의 세계를 그럴듯하게 이야기하는 거야. 그러면 그게 마키의 고민과 어떤 관계가 있을까.

마키가 할머니를 하수인으로 만들고 싶지 않아 하는―그것은 언니도 잘 이해해. 하지만 그러기 위해서는 마키의 의부가

어떻게 그 방에 들어갔는지, 가장 중요한 그 증명이 필요하다고 생각해. 그러니 마키는 페이지를 넘기면서 빨간 선이 있는 곳을 잘 읽고서 숨은 의미를 생각하는 거야. 잘 알겠지… 자, 그럼 첫 쪽 네 번째 줄에,

앨리스는 왜 그림이 없는 책이 도움이 되는 걸까라고 생각했다.

그것은 마키에게 결코 의미 없는 책이라고 생각해서 경멸해서는 안 된다는 뜻이야. 그리고 다섯 번째 줄에,

"귀여운 다이애나(고양이 이름) 네가 함께 왔으면 얼마나 좋았을까. 그래도 하늘에는 아무렴 집쥐는 없을 테지. 그래도 박쥐라면 잡을 수 있을 것 같아. 그건 집쥐와 아주 비슷한 거야.

19 졸린 앨리스가 주어와 목적어를 뒤바꾸어 질문 자체가 큰 실수가 되었으니, 사건의 선후를 헷갈리지 말고 잘 살펴보라는 뜻.

하지만 고양이가 박쥐를 먹을까."
앨리스는 슬슬 피곤해지기 시작한 듯 꿈결에 혼잣말을 계속했습니다.
"고양이가 박쥐를 먹을까… 고양이가 박쥐를 먹을까…."
하고 이어서 말했습니다.
"박쥐가 고양이를 먹으려나…."

이렇게 된 것은 앞의 질문에 대답할 수 없었기 때문에, 그게 대단한 실수가 되어 버린 거야.[19]

이번에는 6쪽에,

"게다가 예를 들어 머리만 나왔다 하더라도…."
하고 불쌍한 앨리스는 이렇게 생각하기 시작했습니다.

20 루이스 캐럴의 『이상한 나라의 앨리스』(1865)에서 케이크를 먹고 몸이 늘어난 앨리스가 자기 발에게 보낸 편지에는 "벽난로시 난로망구 융단동/앨리스의 오른발 귀하"(시공주니어, 2019, 23쪽)라고 되어 있다. 「마사코와 마키」에서는 난로 안을 주의해서 살펴보라는 메시지를 강조하기 위해 유사한 내용이 삽입되어 있는데, 오구리의 부정확한 인용인지, 창조적 변용인지, 당시 일본어 번역본의 오류인지는 알 수 없다. 일본어 번역본은 1899년에 『트럼프 나라의 여왕』이라는 제목으로 처음 등장했다. 존 테니얼(John Tenniel)의 삽화가 들어 있는 초판본은 1929년 겐큐샤(研究社)에서 『이상한 나라의 앨리스』라는 제목으로 처음 출판되었다. 일영사전을 편찬한 것으로 유명한 도쿄외국어대학 교수 이와사키 다미헤이(岩崎民平)가 번역했다.

"어깨도 함께 나오지 않으면 아무 소용이 없어. 아아 망원경처럼 몸을 접을 수 있다면. 나는 우선 시작하는 방법만 알면 분명히 할 수 있을 거라고 생각해."

이건 있잖아, 마키… 네가 아무리 초조해하며 문 같은 걸 뒤져 봐도 이렇게 접을 수 없는 한 개미라도 통과할 수 없다는 거야. 우선, 앨리스도 이렇게 다음 줄에 있잖아. 그건 앨리스가 좀처럼 할 수 없는 일은 없다고 굳게 믿고 있기 때문입니다―라고. 어때, 마키 네가 조금도 헛수고하지 않게 진심 어린 충고를 할게. 그만둬. 그런 다음에 12쪽을 펼쳐.

앨리스의 오른발 귀하
   난로 옆 융단을 지나
       재 처리망 근처[20]

이게 아마 최종 해답일 거야. 나는 난로 안에 움직이게 할 수 있는 곳이 한 군데 반드시 있을 것 같다는 생각이 들어. 그 이외에는 틈새를 빠져나가는 바람과 같은 침입이라니 어디를 봐도 생각할 수 없잖아!? 뒤져 봐… 분명 진리는 극히 평범한 곳에 있다고 생각해.

그래도 마키는 언니를 절대 의심하지 않겠지. 너는 지금 언니 무릎 위에 올라와 있어. 상냥하게 눈은 감기고 열리는 것은 망설이는 그 가슴과 입술.

다시 편지해, 언니는 희소식을 기다릴게.

사랑으로
마사코로부터

✉ 마키의 답장

언니, 좀 심하시네요. 그런 태평한 일을 진심으로 하게 되다니, 저는 따뜻한 난로 속을 하루 종일 뒤졌어요. 하지만 움직이기는커녕, 아무것도 없어요. 하지만 저는 왜 언니가 그렇게 하셨을까―이제야 알겠어요.
바짝 긴장해서 핑핑 소리가 나도록 팽팽하게 당겨진 신경이 그날 밤만은 언니 덕분에 푹 쉴 수 있었어요.
어머, 그렇다면!? 언니를 원망하다니 어째서 그런 일을… 저의 건강을 염려해서 그렇게 해 주셨는데… 이만큼 아름다운 사랑과 신실함이 있으시니!? 다만 저에게는 떠오르는 언니의 모습을 즐길 겨를이 없어요. 그래도 조만간 새 저택에 들어가요. 그러면 어두운 기분도 떨쳐 버릴 수 있을 것이고 언제나 산과 들을 넘어 옆에 있을 수 있을 거예요. 그때까지 불쌍한

마키를 꾸짖지 말아 주세요….
언니, 그리운 아름다운 언니. 마키는 언니의 영원한 시녀입니다.

마키로부터

✉ 그에 대한 마사코의 답장

마키, 미안해. 나의 귀엽고 귀여워서 삼켜 버리고 싶은 너에게 그런 일을 시켜서… 그래도 마음을 알아줘서 무엇보다 다행이라고 생각해. 총명한 마키라 예상했던 일이지만, 너에게는 그 고민을 깨끗이 씻어 버릴 필요가 있어. 그렇게라도 하지 않으면 마키의 몸이 견디지 못하게 되겠지.

그런데 너 이사한다면서. 그래서 왜 마키의 머리카락이 필요한지 그 이유를 알게 되었어. 할머니는 지금 계시는 곳에서 무서운 일을 당하게 될 거야.

모발이 습도에 의해 신축하는 것을 알고 있잖아… 그것을 걸쇠의 움직임에 응용해서 열쇠 구멍 안에 비밀 장치를 만들어 놓은 사람이 있어. 그렇게 했겠지. 머리털 끝에 추를 연결해 놓고 그다음에 뜨거운 물을 열쇠 구멍에 붓는다. 그러면 습도가 높아져 머리털이 늘어나고 무게추가 떨어져 나가서 걸쇠가 내려가겠지. 그러니까 여벌 열쇠는 물론 있었을 것이고, 단지 걸쇠에 그 장치를 연결해서 뜨거운 물을 붓는 것만으로 쉽게 문이 열리는 거지.

자, 마키, 누굴까?

같은 방에서 두 번의 살인은 좀 그러니까 새 저택에 그 장치를 만들어 다음 기회를 노리고 있는 거겠지.

그러니까 마키와 할머니는 빨리 도망치지 않으면… 어서, 이 편지를 읽었으면 차에 태워 할머니와 여기로 날아와. 저는 사랑과 신실함을 걸고 무사를 기원합니다. 마키를 가슴에 따뜻하고 부드럽게 품을게.
빨리 마키, 빨리 도망쳐 와….

결국 마사코의 추측이 진실이 되었다.
다음날 마사코는 비탈에 누워 담비 같은 하늘의 뜬구름을 넋 잃고 바라보고 있다. 그 강렬한 하늘, 수해(樹海)는 초록빛을 밝히며 타오르는 듯한 골짜기다.

'마키가 온다. 마키를 안고 새로운 생활이 시작된다….'

마사코는 꿈꾸는 기분 속에 스며드는 듯한 행복감에 아지랑이를 쫓으며 날아가는 열차를 상상하고 있었다. 세 사람의 생활—할머니에게는 혹독한 핍박이 없어진다. 마키의 마음의 상처도 곧 아물 것이다. 그리고 두 사람의 사랑은 깨끗하고 지고한 것으로서 계속될 것이다.

그런데 어째서 여자가 여자를 사랑해서는 안 된다는 것일까. 여기 두 소녀가 영원한 동정(童貞)을 맹세하는데…

마사코는 입을 삐죽거리며 멍하게 항의를 중얼거렸다. 땅에 깔린 배 아래서는 토양의 숨결이, 기복(起伏)이, 마키의 가슴처럼 젖꼭지에 닿는다. 회춘(回春)도 가깝다. 마사코는 자신의 호흡에서 불쑥 짐승 냄새를 느꼈다.

오구리 무시타로의 '에스(エス)' 탐정 소설

김려실

1. 일본의 이단 문학과 『신청년』의 탐정 소설

　자고로 문학이란 체계를 갖추고 인간의 생각과 감정을 언어로 표현한 예술로, 깨달음을 주든, 미적 쾌감을 주든 인생과 사회에 효용이 있어야 한다. 그런데 근대에 들어 신문과 잡지가 대중화되고 염가판 도서가 보급되면서 딱히 체계도 없고, 깨우침도 없고, 아름답기는커녕 추하고, 불쾌하고, 한심한데 대중이 욕망하고 대중을 매혹하는 문학이 널리 유행하게 된다. 이른바 대중 문학이다. 오늘날 대중 문학과 순수 문학은 취향의 문제일 뿐 도덕의 문제가 아니며, 둘 사이의 경계조차도 불분명하다. 그런데 지난 세기의 지식인들은 대중 문학과 순수 문학을 구분하려 했고 대중 문학의 유행을 독자의 지적 수준과 결부시켜 개탄스러워했다.

그와 같은 사고방식을 뒤집은 것이 헤게모니 이론의 주창자 안토니오 그람시였다. 이탈리아 공산당의 당수이자 최전선의 이론가였던 그람시는 파시스트 정권에 의해 1926년에 투옥되어 1937년 사망할 때까지 정치적 도서를 금지당했기에 본의 아니게 감옥 도서관에 있던 대중 소설을 섭렵하게 되었다. 프롤레타리아 혁명을 꿈꾸던 그에게 대중은 국민과 거의 동의어였고 대중 문학은 그런 의미에서 예술적 민주주의의 가능성이었다. 인쇄도, 문법도 엉망진창인 이탈리아의 '태만한 소설'들과 영국, 미국, 프랑스 대중 소설의 번역본을 두루 읽어 본 그는 다음과 같은 결론에 이르게 되었다. "이탈리아에서 국민-대중 문학은 서사 문학이나 다른 장르 어디에서도 존재하지 않았고 지금도 없다." 당시 이탈리아의 지식인들은 대중과 거리를 두고 낡아 빠진 '고상한 문학'을 생산하며 자기만족에 빠져 있었고, 대중은 쥘 베른의 과학 소설, 뒤마의 역사 소설, 에드거 앨런 포나 코난 도일의 탐정 소설 등 외국 대중 문학의 번역본을 탐독했다. 개중에는 외국 대중 소설을 번안하거나 흉내 낸 이탈리아 문학이 없지 않았지만 그람시가 보기에 그런 문학은 이탈리아인의 삶과 무관한 내용이었기에 국민-대중 문학이 아니었다. 그는 "지식인들은 문학이 병에 걸리거나 불필요하게 되는 일은 허용되지 않는, 흥미로운 가장행렬의 좋은 시절이 지나갔다는 것을 깨달아야 한다."라고 비판했다. 요컨대 문학이 대중의 생각을 바꾸기 위해서는 문학이 먼저 바뀌어야 한다는 것이 그람시의 대중 문학론의 핵심이었다.

이와 같은 역설을 실천하여 문학의 변화를 통해 대중의 의식 혁명에 성공한 나라가 바로 일본이다. 전근대 일본 사회는 조선과 마찬가지로 유교 도덕을 지배 논리로 삼는 한자 문화권에 속했으나 메이지 유신 이후 탈아입구 부국강병을 위해 철저한 '번역주의' 노선을 선택했다. 지도와 계몽으로 국민을 개조하는 것이

번역의 목적이었지만 본래 문화의 둑은 한번 터지면 막을 수 없는 것이다. 이 시기 들어 근대화에 필요한 서양의 이론서와 실용서뿐만 아니라 엄청난 양의 대중 문학이 일본어로 번역되었다. 번역은 곧 창조의 원천이 되었는데 일본 최초의 탐정 소설 「세 가닥의 머리카락(三筋の髮)」(1889)을 쓴 구로이와 루이코(黑岩淚香)처럼 많은 작가가 서구의 대중 소설을 번역하다가 번안 소설로 넘어갔고 결국에는 근대 일본 문학을 창조했다.

번역을 통해 서구 문학의 온갖 사조와 장르를 시차 없이 받아들인 근대 일본의 문학장에서 지식인 문학과 대중 문학을 구분하는 것은 의미 없는 일이었다. 번역 자체가 근대적 교육과 외국(어)에 대한 지식을 요하는 지식인의 일이었기 때문이다. 특히 다이쇼(1912~1926) 말기나 쇼와(1926~1989) 초기에 데뷔한 탐정 소설 작가 중에는 의학박사 출신인 기기 다카타로(木々高太郎), 약사였던 요코미조 세이시(橫溝正史), 검사 출신 변호사인 하마오 시로(浜尾四郎),

농상무성 관료였던 오시타 우다루(大下宇陀児)처럼 대학을 졸업한 고학력자들이 적지 않았다. 더구나 '다이쇼 데모크라시'라 불리는 자유주의, 민주주의 풍조는 근대정신을 깨우친 새로운 작가들의 유입을 촉진했고 대중 문학의 수준도 높아졌다. 이 시기의 대중은 구로이와 루이코류의 강담(講談)과는 다른 새로운 문체와 내용을 요구했다. 대중 작가들은 삐딱한 시선으로 세상을 째려보기 시작했고 문단의 문학이 담아 내지 못한 시대의 변화를 포착한 이들도 더러 나타났다. 그런 삐딱한 대중 문학은 일본에서 이단 문학(異端文学)이라 불린다.

이단 문학이라고 하면 오컬트(occult)를 소재로 한 호러물이나 고딕 소설의 일본식 번역어인가 싶지만 이 용어는 장르의 명칭이 아니다. 『일본의 이단 문학(日本の異端文学)』(2001)을 쓴 문학평론가 가와무라 미나토(川村湊)에 따르면 이단 문학은 "문학 그 자신(의 유용성이나 사회적 평가)을 백안시하는 문학"이다. 즉, 이단 문학은 기존의 예술로서의 문학(이라는 관념)에 대한 대중 문학의 불복종을 표현한 용어이다. 특히 1920년대 후반부터 1930년대 초반은 '에로, 그로, 넌센스'의 절정기, 즉 선정적이고, 엽기적이고, 한심한 문학이 문단이 추구하는 예술로서의 문학, 혹은 사회주의가 추구하는 전위의 문학을 압도하던 시기였다. 이 시기의 이단 문학은 19세기 유럽의 데카당티슴(décadentisme)에 빗대어 퇴폐주의라는 낙인이 찍혔다. 후대의 관점이지만 군부의 폭주와 침략 전쟁을 애써 못 본 척하고 에로, 그로, 넌센스로 빠져 들어간 대중과 지식인의 책임론이 거론되기도 한다. 그러나 중일 전쟁 이후 일상의 병영화와 가혹한 검열이 문화의 질식과 선전 도구로서의 타락을 불러왔다는 점을 감안한다면 그 일차적 책임은 정치에 있지 않을까. 그렇게 본다면 제도권 문학을 백안시하는 이단 문학의 시좌(視座)는 문예의 한계, 검열의 한계를 시험해 보고자 한 소극적 저항으로 평가할 수도 있을 것이다.

다이쇼와 쇼와에 걸쳐 이단 문학의 주 무대는 당시

일본 최대의 출판사였던 하쿠분칸(博文館)이 1920년 1월에 창간한 잡지『신청년(新靑年)』이었다. 이른바 '모던 보이'로 불리던 도시 거주 지식인 청년들에게 인기를 얻은 이 잡지는 1950년까지 발행되었다.『신청년』은 특히 탐정 소설의 인큐베이터 역할을 했는데 길버트 채스터튼, 레오나드 비스턴, 코난 도일, 모리스 르블랑, 멜빌 포스터, 애거서 크리스티 등 서구의 명작 탐정 소설을 번역해 실었을 뿐만 아니라 현상 공모를 통해 일본 탐정 소설가들의 등용문이 되었다. 이단 문학의 거장 에도가와 란포(江戶川乱步)를 비롯하여 미즈타니 준(水谷準), 요코미조 세이시 등 기라성 같은 작가들이『신청년』을 통해 데뷔했다. 오구리 무시타로도 그런 신인들 중 하나로,『신청년』1933년 9월호에「완전범죄」를 발표하여 데뷔한 이래 독특한 필치로 주목을 얻었다.

2. 오구리 무시타로와 1930년대 에스 문화

　1930년대 초반은 일본이 총력전 체제로 치닫기 직전으로 잡지와 출판물이 넘쳐나던 대량 출판의 시대였다. 이 시기에 탐정 소설의 인기는 기성 문단에도 영향을 미쳐 다니자키 준이치로(谷崎潤一郎)와 같은 문호가 탐정 소설「비밀(秘密)」,「백주귀어(白晝鬼語)」를 발표하는가 하면, 기성 문인 히라바야시 다이코(平林 たい子), 가타오카 뎃페이(片岡鉄兵), 하야시 후사오(林房雄), 사토 하루오(佐藤春夫) 등이『신청년』에 탐정 소설을 발표하기도 했다. 1930년대 들어 탐정 소설 붐은『신청년』이외의 지면으로 확장되어 탐정 소설 전문지의 발간으로 이어졌는데 1930년대 초반에만도『탐정소설(探偵小説)』,『탐정춘추(探偵春秋)』,『탐정문학(探偵文学)』,『월간탐정(月刊探偵)』,『슈피오(シュピオ)』등이 창간되어 신인 작가들을 왕성하게 배출했다.

　일본의 탐정 소설은 새로운 작가의 탄생을 기다리

고 있었고 오구리는 데뷔 이래 『신청년』에 연속적으로 「후광 살인사건」(1933년 10월호), 「성 알렉세이 사원의 참극」(1933년 11월호), 『흑사관 살인사건』(1934년 4~12월), 「철가면의 혀(鉄仮面の舌)」(1935년 4~5월), 「20세기 철가면(二十世紀鉄仮面)」(1936년 5~9월) 등을 발표하며 오구리 월드를 만들어 나갔다. 이들 작품에는 수사국장을 지낸 형사 변호사 노리미즈 린타로(法水麟太郎)가 박람강기(博覽強記)[많이 읽어 박식하고 기억력이 좋음]의 명탐정으로 등장한다. 그중에서도 데뷔 후 1년도 지나지 않은 시점에 발표된 『흑사관 살인사건』은 오구리 월드의 완성체로, 일본 추리 소설의 3대 기서(奇書) 중 하나로 손꼽힌다. 이 장편에서 일본의 서양식 저택 흑사관과 얽혀 있는 등장인물들은 유학, 해외 입양, 국제 결혼, 국제 간통(?) 등으로 서양의 피가 흐르거나, 서양에 갔다 온 적이 있거나, 일본에 거주하는 서양인이다. 프랑스어, 독일어, 영어, 라틴어에 능통한 노리미즈는 루비[독음 표시]가 없으면 읽기 힘들 정도의 특수·전문 용어를 뒤섞어 가며 추리를 펼친다. 이런 이국취미에 더해 심리학, 오컬티즘 등 과학적 추리와 관계없는 요소들이 버무려져 미스터리한 분위기를 형성한다. 평자에 따라서는 오구리의 현학적 문체와 이국취미를 서양 콤플렉스로 보기도 하고 탐정 소설의 분위기만 풍길 뿐 트릭에 대한 과학적 설명이 불충분해서 본격적인 탐정 소설로 보기는 힘들다는 의견도 있다. 나 역시 번역하면서 부정확한 표현과 비약이 많아 고민스러웠지만 그 또한 이단 문학과 오구리 월드의 특징으로 여기고 매끄럽게 고치지 않고 그대로 옮기고자 했다. 그럼에도 오늘날에도 계속 재발견되고, 번역되고, 오마주 된다는 점에서 오구리가 마니아를 거느린 작가인 것만은 분명하다.

　　1938년에 『주간 아사히(週刊朝日)』에 발표된 「마사코와 마키」는 현학적인 문체나 이국취미보다는 에스(エス), 즉 여학생 간의 동성애를 소재로 하고 있다는 점에서 나의 눈에 띄었다. 하지만 읽어 보니 이 소설은 여성 동성사회성에 대한 교감에서 쓰였다기보다

는 소재 차원에서 에스를 다룬 것에 지나지 않았다. 오구리는 「마사코와 마키」 이전에도 에스를 소재하거나 여탐정이 등장하는 「홍모경성(紅毛傾城)」(1935), 「흰 개미(白蟻)」(1935), 「절경 만국박람회(絶景万国博覧会)」(1935), 「이시가미 후이진(石神夫意人)」(미상)을 발표한 바 있다. 중일 전쟁 이후에 사회가 경직되고 검열이 심화되자 오구리도 더 이상 에스 탐정 소설을 쓰지 않았고 남성 탐험가를 주인공으로 한 비경(祕境) 탐험 소설 창작으로 넘어갔다.

에스는 시스터(sister)의 은어로 1910년대부터 나타난 소녀 간의 동성연애, 소녀와 성인 여성 간의 동성연애를 의미한다. 1970년대 이후 서브 장르의 하나로 확고히 자리 잡은 '백합(百合)물'의 원조가 바로 에스다. 백합물은 국가가 나서 '왜색'을 금지했음에도 현해탄을 건너 한국으로 밀/수출되어서 청소년의 하위문화를 형성했다. 내가 '국민학교'에 다니던 시절에 MBC는 데즈카 오사무(出塚治虫)의 애니메이션 <리본의 기사>(リボンの騎士, 1968~1969)를 <사

파이어 왕자>(1984~1986)로 더빙해 방송했다. 천사의 실수로 남자의 마음과 여자의 마음 모두를 가진 공주가 남장하여 왕자로서 왕위 계승권을 지켜 내기 위해 적과 싸운다는 심오한(!) 이야기였다. 여자 중학교에 다니던 시절에는 반 전체가 『베르사이유의 장미(ベルサイユのばら)』[줄여서 '베르바라'라고 일컬음]의 해적판을 돌려본 경험도 있다. 그 당시 『베르바라』로 절대 왕정과 프랑스 혁명에 대해 배운 여학생 중에는 남성들의 역사(he-story)를 퀴어링하며 여성사(her-story) 쓰기에 도전하는 인물들도 나타났다. 아무튼 조선 시대의 백합물 『방한림전(方翰林傳)』의 문화적 DNA 때문인지 한국은 문무가 뛰어난 남장 여자에게는 관대한 편이라 이들 작품은 검열에서 문제시된 적이 없다.

각설하고 다시 에스로 돌아가면, 다이쇼 이래 여성 중등 교육의 보급으로 여학교가 늘어나고 소녀 잡지가 유행하면서 에스는 여학생들의 또래 문화로 취급되다가 1930년대 들어 여학생들의 동반 자살이 이

* 요시야 노부코의 작품들은 '처녀소설컬렉션(乙女小説コレクション)'이나 '소녀소설집(少女小説集)' 등의 시리즈로 묶여 여러 번 재출간되었으며, 그중 몇 작품은 드라마나 만화책으로 재탄생하는 등 오랜 세월 일본 독자들에게 사랑받고 있다. 위의 『꽃이야기』는 도와샤(東和社)가 1949년에 출판한 '요시야 노부코 소녀소설선집(吉屋信子少女小説選集)' 중 한 권이다.

어지면서 일종의 사회 문제로 인식되었다. 요시야 노부코(吉屋信子)가 1920년대에 소녀 잡지에 연재했던 『꽃이야기(花物語)』를 시작으로 에스 소설이 유행했고 여교사에 대한 여학생의 동성애를 다룬 독일 영화 <제복의 처녀(Mädchen in Uniform)>(1931)가 1933년에 개봉되어 영화 잡지 『키네마준뽀(キネマ旬報)』의 인기 영화 1위를 차지하는 등, 에스는 광범위하게 퍼져 나가 1930년대에 절정기를 맞이했다. 에스 문학은 여성 작가의 전유물도, 동성애 작가의 전유물도, 대중 작가의 전유물도 아니었다. 나중에 노벨문학상을 수상하게 되는 가와바타 야스나리(川端康成)도 1937년에 에스 소설 『처녀의 항구(乙女の港)』[제자였던 나카자토 쓰네코(中里恒子)의 초고를 고친 것]를 발표했고, 도쿄대 경제학과 출신인 소설가 다키가와 교(多岐川恭)는 1958년에 쓴 에스 추리 소설 『젖은 마음(濡れた心)』으로 에도가와 란포상을 수상한 바 있다. 다시 말하면 오구리가 1930년대에 일련의 에스 탐정 소설을 창작한 배경에는 반드시 젠더 불순응

적이라기보다는 백합물 독자와 마찬가지로 여성 동성애를 새롭고 자극적인 소재 차원에서 수용한 대중 독자층이 있었다.

    에스는 일본만이 아니라 식민지 조선에서도 유행했다. 현재의 관점으로 에스는 퀴어에 해당하지만 근대 동아시아에서 여성 동성사회성은 대체로 '정상 범주'로 간주되었다. 예를 들어 한국 최초의 근대 소설인 이광수의 『무정』(1917)에서 주인공인 기생 영채와 언니 기생 월화는 각각 사모하는 남성이 따로 있지만 서로 사랑하는 관계이기도 하다. 두 기생의 유사 성행위가 버젓이 신문에 연재되었던 것으로 미루어 보아 소녀들 간의 동성애는 당시의 성문화로는 그럴 수도 있는 일로 여겨졌다는 점을 알 수 있다. 염상섭의 소설 「이심(二心)」(1929)의 등장인물 혜숙이와 정애도 "동성연애 비슷이 의형제의 관계도 있"는 여학생들이다. 1920년대에도 결혼한 여성이 아닌 여학생들 간의 동성애는 가족처럼 친밀하면서도 이성애 연애처럼 강렬한 우정을 의미했을 뿐 금지된 사랑은 아

* <매일신보> 1928년 11월 20일 자에 실린 「이심」 27회의 삽화이다. 전경에 '러브레터'를 읽고 있는 여성이 주인공 춘경이며, 후경에서 그녀를 바라보고 있는 혜숙과 정애가 그것을 전해 주었다. 혜숙과 정애의 동성연애는 학창 시절의 가벼운 일탈로 다루어질 뿐 그 이상의 이야기는 없다.

니었다. 이 시기에 지식인 남성들이 조롱하고 비꼬았던 것은 여성 동성애보다는 현진건의 「B사감과 러브 레터」(1925)가 보여 주었다시피 근대 교육을 받은 독신녀나 노처녀였다. 그러나 1931년의 '홍옥임·김용주의 철도 자살 사건'[부록 참조]에 대한 언론과 문화계, 대중의 반응처럼 이성애 결혼 후에도 이어진 에스 관계는 정상성을 벗어난 스캔들로 간주되기도 했다.

3. 「마사코와 마키」 속의 에스 코드

「마사코와 마키」는 오구리 무시타로의 마지막 에스 탐정 소설이고 중일 전쟁이 확대일로였던 시기에 발표되었다. 그러나 전쟁의 그림자는 하등 느낄 수 없고 소설 속 에스 코드도 살인 사건이나 추리와는 관계가 없어 소재주의의 혐의가 짙다. 그럼에도 남성 작가의 탐정 소설 중에 여탐정이 드물기도 하거니와 1930년대의 에스 문화가 탐정 소설과 결합한 흥미로운 예라서 '틈 많은 책장'의 한구석을 채울 만하다는 생각이 들어 번역했다.

오구리가 창조한 여탐정 마사코는 애거서 크리스티의 여탐정 미스 마플과 유사한 두뇌형 탐정이다. 카우치에 편하게 앉아 남들의 언행에서 얻은 실마리를 차분히 조합해 사건을 해결하는 미스 마플처럼 마사코는 폐를 앓고 있어 요양소 밖으로 나갈 수 없다는 설정으로, 오로지 마키에게서 온 편지만으로 단서를 찾아내 살인범을 지목한다. 물론 그 과정이 썩 매끄럽지는 않다. 이 소설의 밀실 트릭은 셜록 홈즈 시리즈 중에서 금발 미녀 욕실 살인 사건에서 영감을 얻은 듯한데 마사코는 살인 장치로 열쇠를 지목하지만 그런 결론에 이르게 된 추리 과정과 근거는 제시하지 않는다. 마사코의 설명대로 겐키치가 어머니를 죽인 것과 같은 장치로 할머니를 죽이고, 새로 짓는 집에서도 같은 장치로 마키를 죽일 요량이었다면 살인범은 그 자신이라고 고백하는 꼴이 아닌가. 오히려 이 소설에서 서스펜스의 요소는 마사코의 맥 빠진 추리보다는 할머니가 살인자인가, 피해자인가를 판단해야 하는 마키의 동요하는 심리에 있다. 물론 마사코의 편지로 그 서스펜스도 곧 무너지고 말지만. 따라서 독자들에게 「마사코와 마키」를 탐정 소설의 코드로 읽기보다는 아래에서 제시한 에스 코드를 따라 읽음으로써 오구리 월드로 들어가기를 권한다.

우선 에스의 기본은 로맨틱한 우정 혹은 순결한 동성애이다. 따라서 사랑의 육체적 표현은 포옹과 입맞춤 정도만 허락될 뿐 선을 넘어선 안 된다. 마사코와 마키가 기독교계 미션 스쿨에 다녔던 선후배 사이라는 설정과 "가시밭", "깨끗한 천상의 육체", "신성한 의무" 등 동정녀 마리아를 연상시키는 묘사는 두 사람의 플라토닉 러브를 담보한다. 뿐만 아니라 마사코의 입을 빌려 그들의 순결함이 다음과 같이 직접 언급된다. "두 사람의 사랑은 깨끗하고 지고한 것으로서 계속될 것이다. 그런데 어째서 여자가 여자를 사랑해서는 안 된다는 것일까. 여기 두 소녀가 영원한 동정(童貞)을 맹세하는데…" 그러나 에스의 기본에 충실한 이 맹세

에도 불구하고 마사코의 몸은 이미 그 자신의 맹세를 배반하고 있다. 이 소설의 마지막 문장은 다시 만난 두 사람의 애정이 육체적으로 발전할 것을 다음과 같이 암시한다. "땅에 깔린 배 아래서는 토양의 숨결이, 기복(起伏)이, 마키의 가슴처럼 젖꼭지에 닿는다. 회춘(回春)도 가깝다. 마사코는 자신의 호흡에서 불쑥 짐승 냄새를 느꼈다."

두 번째, 에스는 구질서를 벗어난 새로운 가족에 대한 욕망이다. 여학교의 상급생과 하급생 사이에서 교환되는 일대일의 내밀한 애정은 두 사람을 의자매, 즉 유사 가족으로 묶어 준다. 마키의 경우처럼 할머니와 어머니와 달리 근대 교육을 받은 첫 세대의 여성으로서 1920~30년대 여학생은 기성세대, 특히 아버지로 상징되는 가부장적 질서에 반발하고 이성애 결혼을 통해 가부장제 가족 제도에 편입되는 것에 거부감을 느꼈다. 의부인 겐키치는 사업적인 면에서는 노포를 접어 버리고 1930년대에 유행한 셀로판 회사를 차린 근대 자본가인 한편, 대를 잇기 위해 어머니 오유와 결혼하여 가정을 이룬 전근대적 가부장이기도 하다. 할머니-어머니-마키로 이어질 혈연에 기반한 여성 가족은 구습에 따라 가족으로 묶인 전근대적 가부장의 살인으로 절멸 위기에 처하는데, 그 가족을 구원하는 것이 바로 혈연에 바탕을 두지 않고 오로지 서로에 대한 애정으로 가족이 될 할머니-마키-마사코의 젠더 비순응적 근대 여성 가족인 것이다.

마지막으로 '연서'라는 서사적 장치에 대해서도 언급해 두고자 한다. 1920년대부터 에스 소설이 소녀의 일기장이나 연서, 수기 등으로 서사를 전개하는 방식을 종종 취했기 때문에 마사코와 마키의 '연서'는 완전히 새로운 장치는 아니다. 비밀스러운 내면의 고백이 소녀 감성의 미문과 어우러진 것이 에스 소설의 특징인데 둘 사이를 왕래하는 연서만큼 그 점을 잘 전달할 수 있는 미디어가 어디 있겠는가.「마사코와 마키」에서 오구리가 딱히 미문을 구사한 것은 아니지만 특유의 현학적 문체를 버리고 에스 관계를 맺은 소녀들의 어투를 흉내 내었다는 점이 흥미로웠다. 에스 문화가 더 오래 허락되었다면 오구리의 시도는 다른 형태로 더 진전되었을 수도 있다.

그러나 일본이 총력전으로 접어들면서 1940년부터 문화계에서도 신체제 운동이 시작되었고 탐정 소설도 방탕한 유희 소설의 일종으로 취급받아 잡지에서 사라지게 된다. 탐정 소설 작가들은 방첩 소설, 과학 소설, 모험 소설 등으로 눈을 돌렸고 오구리는 비경 탐험 소설『인외마경(人外魔境)』시리즈를 발표하며 이 시기를 넘겼다. 일본의 스파이 오리타케 마고시치(折竹孫七)가 아프리카의 미개지, 중국 오지, 태평양의 섬, 북극 등지에서 국제적인 모험을 펼친다는 이야기가 일본의 제국주의적인 팽창과 동궤에 놓이므로 검열을 피해 가기 위한 선택이었다고도 생각해 볼 수 있다.

덧붙여 일본이 패전한 후부터 죽기 직전까지 이 작가가 사회주의 탐정 소설『악령』[도스토옙스키의 장편 소설 제목이기도 하다]을 집필 중이었다는 사실도 기억해 둘 필요가 있다.

그 여자들은 왜 철도 자살을 하였나?

홍·김 양 여자(兩女子), 영등포 철도 자살 사건 후문(後聞)*

그들은 왜 철도 자살을 하였나?

세상은 떠들 대로 떠들었다. 상당한 교양과 상당한 가정에서 자라난 그들이 이렇다 할 절박한 이유도 없이 표면에 나타난 사실만 보면 이렇다 할 이유를 찾기 어려웠다―철도 자살을 한 것은 무슨 까닭일까 제각기 떠들었다. 그것이 더구나 여자였고 그 여자가 더구나 젊은 여자였고 그것이 한 사람도 아니요 두 사람이 함께 정사(情死)를 하였다는 데 호기심은 더 컸고 또한 큰 이야깃거리를 잠시나마 세상에 던져 준 것이다.

그들은 잘 죽었다. 비장(悲壯)한 희생이다 하고 떠들어 주는 사람이 한편에 있으면 그들은 큰 죄인이다. 부모에게 죄인이요, 사회에 죄인이다, 하고 멸시하는

---

*『별건곤』 제40호(1931.5.1.)에 '복면아(覆面兒)'라는 필자가 쓴 글을 현대어로 옮겼다.

사람도 있었다. 노인들은 요망스런 계집애들이라고 격노하는 한편에 젊은 여자들은 그의 죽음을 무한히 동정하고 그들의 사정을 불쌍히 여겼다.

그러나 그 사정―사정 그것이 얼마나 절박하였기에 자살을 하였나? 그것은 모른다. 그 집안사람들이 핵심을 건드리기 즐겨 하지 않는 한편에 평소 그들과 친하던 사람도 입을 버리기 꺼리는 편이 많음으로 하야 무엇이 그들로 철도 자살까지 하지 않으면 안 되게 하였는지 분명치가 못하였다. 그렇지만 그들은 모두 상당한 교양을 가진 여성들이었던 만치 그들의 가슴 속에는 남모를 절박한 사정이 있었으리라 하여 동정들을 하는 이도 많았다.

동성애 정사라는 말도 있었다. 결혼 생활의 파탄을 동정(同情)하는 동정 자살이라는 말도 있었다. 또 한편에서는 실연을 동정한 동정 자살이라는 말도 있었다. 하여간 그 원인을 이야기하는 것이 구구하였다. 그 구구한 이야기를 여기 다시 되풀이할 까닭은 없다. 다만 그들의 사정이 어떠하였기에 철도 자살을 하였나 그것만 쓰면 족하다.

지나간 4월 8일 오후 4시 15분 경부선 영등포역에서 서(西)로 2킬로 120미터 되는 지점에서 때마침 인천을 떠나 영등포로 향해 오는 제428열차로 뛰어들어 문제의 두 나이 젊은 여성은 철도 자살을 하였다. 그 한 사람은 홍옥임(洪玉姙)이라는 방년 21살 된 처녀. 그의 아버지는 일찍 세전(世專)[세브란스의학전문학교, 현 연세대 의과대학] 교수로 있던 의사 홍석후(洪錫厚) 씨요. 그리고 또 한 사람은 경성 종로 2정목 덕흥서림(德興書林) 주인 김동진(金東溍) 씨의 딸로 동막(東幕)[현재의 마포]의 부호 심정택(沈貞澤)의 맏며느리로 출가한 김용주(金龍珠)라는 방년 열아홉 되는 젊은 아내였다.

김용주와 홍옥임은 3년 전까지 시내 동덕여자고등보통학교[현 동덕여대]에 같이 다닌 일이 있었는데 그때 두 사람 사이는 꽤 친밀하였다. 그런데 김용주는 그때 열일곱밖에 안된 소녀였으나 그의 부친은 3학년에 다니는 그를 딸의 의사를 무시하고서 동막 사는 전기(前記) 심정택의 큰아들 심종익(沈鍾益) 군에게로 출가를 시켰다. 그때 신랑 심 군은 시내 휘문고등보통학교 1학년에 다녔다고 한다.

뜻에 없는 결혼을 하여 다니던 학교를 중단한 것도 김용주의 가슴에는 서운하였으나 그것보다도 더한 것은 나이 어린 남편 심 군은 아내 김을 돌보아 주지를 않았다. 더구나 그는 신혼의 꿈이 깨이기도 전에 다니던 학교를 나와서 일본으로 건너가 비행 학교로 뛰어들어갔다고 한다. 나이 젊은 용주는 청춘의 정염을 쓸쓸한 공간에서 소화시켜 버리기에는 너무나 안타까웠고 애타는 일이었다. 그는 다시 학교라도 더 다녀 보고자 하였으나 그러나 그는 기혼자였었다. 처녀만 가르치는 학교에서는 그를 돌보아 주지 않았다.

그 뒤 남편은 다니던 비행 학교도 집어치우고 다시 조선으로 나왔다. 그리워하고 기다리던 남편은 집에 돌아왔건만 그러나 그 남편은 자기를 거들떠보아 주지도 않았다. 여기에 용주로서의 번민은 컸고 결혼 생활을 저주하는 원한은 덩어리지기 시작하였다. 더구나 그의 시가는 돈 있는 집안의 항용 투로 봉건적 지배력이 그로 하여금 꼼짝도 못 하게 함에 있어서랴.

시부 되는 심정택 씨는 돈 있는 이들의 항용 투와 같이 성적 ××한 생활을 향락하는 중등 뿌루[부르주아지]의 대표적 한 사람이었다. 또 남편 심종익 군 역시 부친의 피를 받아 그러함과 동시에 경제적 혜택을 입은 그는 부친 이상의 ××한 향락을 추구하며 지낸다고 한다(참고로 종익 군은 심정택 씨의 세컨드의 소생이다).

용주는 총명한 여자였다. 여러 번 남편의 ××을 간(諫)하였었다. 그러나 심의 혈관을 통하여 흐르는 전통의 피는 그 말에 귀를 기울이게 하지 않았다. 오히려 날이 갈수록 그는 자격(刺激)과 자격을 찾아 홍등청주(紅燈靑酒)의 거리를 헤엄치며 다름질 치는 것으로 만족을 구할 따름이었다.

여기에 있어서 용주의 젊은 가슴에는 맺힌 눈물이

한 방울 두 방울 고이어지기 시작하였다. 그 눈물을 아무에게도 쏟지 못하고 가슴에 모아 둘 뿐이었었으나 학교 다닐 때 친밀하게 지내던 동무 홍옥임과의 사이가 우연한 기회로부터 더욱 친밀하게 되자 그 눈물을 그의 치마 속에 뿌리어도 보고 봉하였던 입술로부터 마디마디 사무치는 하소연의 안타까운 이야기가 풀려 나와서 동무 홍의 머리를 어지럽게 하여 주었다.

적막! 그리고 낙백(落魄)! 절망! 남편의 방종이 언제, 어떤 운명을 그에게 던져 줄지 모르는 불안과 공포! 이러한 속에서 맛없는 날을 보내던 김이 동무 홍과 친밀이 더해짐에 따라 지금까지의 서러움을 잊게 되고 엷은 위안이 처음으로 그의 입술을 축이어 주었으며 새로운 생기가 동무의 웃음 밑에서 움트기 시작하였다.

"인제는 네가 없으면 나는 죽는다."

이것은 정월 보름도 지나간 지 며칠 안 되는 어느

날 김이 옥임이를 붙들고 하는 말이었다.

"정말 너하고 떨어져서는 하루가 안타깝구나! 얘! 네가 이 집 첩으로 들어와서 같이 살자꾸나. 그러면 날마다 떨어지지 않고 서로 같이 지내지 않겠니." "어디 첩으로야 올 수 있니. 세상이 창피해서. 그 대신 내가 너의 집 부엌어멈으로 들어오면 날마다 한집에서 지내고 그게 좋지 않으냐." "첩이고 부엌어멈이고 당장 너 없이는 내가 살지를 못하겠다."

이것은 김의 시중을 들던 소녀의 입에서 나온 그들의 회화의 한 구절이다. 이것을 보아서 김과 홍과의 사이가 얼마큼 친밀하였는지를 짐작하게 한다.

한편 홍은 홍으로서의 남모를 비밀이 있었다. 그의 집안은 부유하였다. 그의 부친은 새로운 자유주의자요, 개인주의자였다. 아들은 여럿이었으나 딸은 옥임이 하나뿐이었다. 눈에다 집어넣어도 아깝지 않게 귀엽고 사랑스러운 딸이었다. 그의 입에서 떨어지는 말 한마디고 성사 못 한 것이라고는 없었다. 그렇게 그 아버지는 그 딸을 사랑하였다. 학교 다닐 때에도 그 학교의 유행을 홍이 독차지하고 나서서 유행을 리드하고 있었다.

옥임이의 서재가 따로 있었다. 그리고 그 방에는 피아노로부터 소녀의 꿈에 나타날 다른 모든 것이 하나도 빠지지 않고 갖추어져 있었다. 옥임이는 그야말로 부러운 소녀였다.

그는 다정하였다. 외면은 쌀쌀하고 참하나 내면에는 그렇지 못하였다. 그는 어디서고 어여쁜 소녀를 보면 당장 금반지 한 개를 사서 선사를 하고 연서를 써 보낸다. 동성끼리의 연애의 프러포즈는 대개 처음에는 반지를 교환하는 것이 시초라고 하는 말을 들었다. 그러므로 해서 홍에게는 많은 동성 애인이 있었다. 그러나 그도 나이가 차감에 따라 그것으로는 관능의 만족을 얻지 못하였다. 그러면… 그것은 여기 구구히 더

쓸 것이 없다. 자유롭게 주저 없이 자라난 홍이 택한 동성 이외의 애인, 그는 세전에 다니는 R이라는 학생이었다. 그를 알게 된 것은 홍 씨의 가정이 음악권(卷)으로 유명할 뿐 아니라 옥임의 오라비 동생들이 모두 음악가적 재질을 충분히 가지고 장래를 촉망하고 있는 터이며 옥임 자신도 그중의 한 사람이었다. 이런 총중(叢中)에서 더욱이 오빠 재유(載裕) 군이 세전에 다녔음으로 하여 자연히 R을 알게 되었고 R과 특별히 친근해지게 진전이 있었던 것은 누구나 부인 못 할 일의 하나였다.

홍은 동덕에서 이화[현 이화여대]로 전학을 하고 작춘(昨春) 이화를 마치고는 신약(身弱)하여 몸을 쉬인다고 하다가 어떤 심리 동기이던지 중앙보육[유아 교육을 위한 사범학교였던 종로의 중앙보육학교]을 잠깐 다니었었다고 한다. 그러는 동안의 R과의 사랑의 속삭임은 날로 커갔다.

홍의 가정은 본시 크리스천이었다. 부친 홍석후 씨는 교회의 직분까지 가졌었던 분이었다. 그러나 근래에 와서는 ××××게 되고 ××까지 있어 ××××까지 꾸미는 형태에까지 되었다. 이런 것 저런 것으로 가정에는 조그만 불평이랄까 하여간 어둠침침한 암운이 쾌활하던 집안에 찬바람 치며 떠돌고 창틈을 새는 피아노 소리에도 저회(低廻)하는 불길의 조징(兆徵)이 보였다. 즉 그것은 홍과 R 사이의 사랑에 틈이 벌어진 것이었다. R은 홍을 차 버리었다는 것보다도 홍은 지금까지 R에게 속아 왔으며 또 R의 마음은 홍을 떠나 하늘 저편을 향해 보고 있었다.

홍은 별안간 하늘이 무너지는 것 같았다. 떠들고 재재대며 웃음 터지던 그가 별안간 침울해지고 인생은 어떻고, 삶은 허무하고를 찾기 시작한 것은 이때이다. 여기서 홍과 김과의 교제는 급전즉하(急轉卽下)로 그 열도(熱度)를 가(加)하였다. 더구나 김의 절망의 탄식이 높아졌을 때 홍의 몸에는 이상이 보였다.

결국은 여기에서 두 사람의 뜻은 합하였다. 인제는 죽음의 길을 밟는 것이 제일 편안한 해결이요, 번민을 풀어 줄 열쇠라고.

그리하여 4월 8일 오전 11시 "세상은 허무합니다. 불초여식은 먼저 갑니다. 아버지 언제나 정의의 길을 걸어 주세요." 하는 유서를 써 가지고 김, 홍 두 사람이 죽음의 길로 떠나간 것이다.

결국 말하면 김용주, 홍옥임 두 사람은 "약한 자여 너의 이름은 여자니라." 하고 부르는 여성의 한 사람들이다. 그리고 과도기에 처해 있는 조선 여성 중의 애매한 타입을 가지고 엄벙하니 떠도는 여성 중의 한 사람의 파국을 보여 준 것이다.

마사코와 마키 方子と末起

1판 1쇄 펴냄 2025년 03월 12일

저자 오구리 무시타로 小栗虫太郎
역자 김려실

편집　　임명선
디자인 전혜정

펴낸곳　틈 많은 책장
펴낸이　임명선

등록　2024년 1월 30일 제2024-000001호
주소　부산시 동래구 미남로 52

이메일　generous_crack@naver.com
인스타그램 www.instagram.com/generous_crack

ISBN 979-11-987118-2-3 02830

* 이 책의 내용을 이용하려면 반드시 저작권자와 틈 많은
  책장 양측의 동의를 얻어야 합니다.